KB265958

우리가 소실되는 풍경
장석원 시집

문학동네시인선 250 장석원

우리가 소실되는 풍경

시인의 말

나는, 물방울을, 흘러내리는 것을, 용해되지만 부동(不
凍)하는 영구적인 것을, 나를 슬픔에 빠뜨리는 것을, 회귀
하는 것을, 느리게 다가오는 것을, 더불어, 내려앉는 먼지
를, 혼자 우는 앵무를, 외롭고 황홀한 심사를 습관이라고 부
르는 나를, 알지 못한다. 또한 굳은 표정을, 엷어진 눈빛을,
이별과 재회를, 내리치는 번개를, 버려져도 울지 못하는 사
람을, 칼날을, 손톱을, 목덜미를, 사랑을, 운명이라고 불렀
던 나를, 나는 알지 못한다.

2026년 4월
장석원

차례

1부

배타 원리

플랑크 타임

Intro: 출발
어느 날 나는 그곳에서 태어났다
어느 날 나는 그곳에서 사라졌다

01. 오마공원
허공이 벌어진다
경탄에 젖어 열리고 있다
안면이 생긴다
사랑에 빠진 육체 흐드러진다

요확에서
네가 나타난다 그때 나는
베어지고 비탄과 신음
구멍마다 새어나오고

벌어진 입에서 흘러나온 파롤(parole)
나를 안아줘

　내 몸은 터지고 불꽃이 날름거리고 ● ● 뜨거워지고 숨
가빠지고
　네가 쏟아지고 나는 부서지고 형해 날아오르고

　너와 나는 하나였는데 존재한 적이 없었고

맞붙었던 입술 떨어질 때 우리가 헤어질 때
너는 활상하는 그림자가 되고…… 영원한 ●

02. 도화공원
길이 나를 점령했다
있다가 사라진 나
떴다가 감아버린 눈동자

내 안의 너 살아났다가
죽어버린 너
명멸하는 너와 나
　　　　●　　●

내가 나타나면 네가 사라지고
네가 다가오면 내가 멀어진다

다가올 때는 빨갛고
멀어질 때는 파란
너의 얼굴, 이행의 순간

03. 육교
이전(以前)의 내가 뛰어내린다
길에 휘감긴다 말려든다 ● ● 닳는다

그림자만 걸어간다

지나온 발자국 지워질 것이다

04. Intermezzo
목련이 피었다
하얀 정지
효수한 나의 심장

05. 변전소 삼거리
동해운수 차고지, 누워 있는 직육면체들
이곳은 상호적이어서 절대적인 좌표가 없다
이곳은 있다가 없어지고 없다가 나타난다
출발하는 자와 도착하는 자 동시에 증발한다

Hey bus driver, take me to heaven

이곳은 연속적이고 연쇄적이다 ●●●●
이곳에 내가 있다는 것, 그곳에 네가 있다는 것, 얽힘

이곳과 그곳, 영원히 반복되는 1초 전과 후는
인접할 뿐, 너에게 건넸던 발화(發話)처럼

06. 경의선 숲길
길과 함께 멀어지는 ●
내가 쓸려간다
나는 멈춤 없는 바람이다

네가 돌아올 곳으로
내가 움직인다

07. 일산역
나무가 있다
●

●

●

나무는 선 채로 죽었다
나무는 땅에 꽂혀 있다
나무는 십자가가 아니다

08. Intermezzo
목련 혓바닥
공중에서 삐져나온다

09. 횡단보도
바람에

그림자에
햇빛에
묶여 있던 네가 ●

● 나에게 다가온다

10. 두루미공원
잃어버린 것과 돌아올 것이 뒤섞인다

Whale Island, FOREST LIBRARY
아이들 집라인을 탄다 동화책을 읽는다
아이들 구멍으로 빨려든다
구멍이 아이들을 뱉는다
아이들 줄을 서고 들어가고 빠져나온다
아이들 점이 된다

● ● ● ●

11. 이물재공원
도래할—붙들린 과거의 미래

끝난 것을, 다시 돌아오지 못할 것을
기다리는 자의 형벌

파국이었는데, 아직 오지 않았다고
곡해할 수밖에 없는

—지금 여기의 나에게 보내는 전보

무한한 점들이
나를 만들었다
시간은 점이고 공간은 점이고
●   ●

그 누구도 떠나지 않았고
그 무엇도 지워지지 않았다

너와 나는 동시에 탄생할 것이다
그리고 함께
폐기될 것이다

—그때 그곳의 나에게 보내는 답신

끊임없이 소멸하며
미래의 나는 중첩될 것이다

나는 없어지는 자

과거의 나는 살아 있다

12. Outro: 도착
벚꽃 잎이 손바닥에 내려앉았다
주먹을 쥐고 걸었다
작은 새의 깃털 같았다
손안에서 파닥거렸다
손을 열어 날려보냈다
● ● ● ● ●　●　　　●

길이 내 안으로 들어왔다
갈고리가 나를 관통했다

나는 파열하고 있었다
길이 나를 끌고 왔다

● ● 너머에서 네가 나를 부른다
꽃이 비어져나왔다

만곡한 길이었다

꽃잎 떨어진 그곳에서
네가 시작되고 있다
없었던 것이 나를 찾아온다

걸어온 길 뒤틀리고 줄어들고 마침내
나를 함몰시키고 압축시켰다

분분히 흩날리는
꽃잎이 나였다
걷던 내가 사라졌다
길이 나를 묘혈에 찔러넣었다

나는 회전을 시작한다

●

무한 천공 열린다

2부

절명의 피막

묘혈

붉은 꽃 이고
죄인처럼
비 맞는 배롱나무

떠난 사람
말간 얼굴에
홍조 어른거리네

멈추지 않는 빗물
나를 녹이고

내가 돌아갈 자리
깊고 따스해
그곳에서
너를 만나겠네

절곡(折曲)

놓자마자
너는
불붙는다
몽그라진다

영원히

안녕히

노을 속에서
역혈 속에서
고부라진다

충무로역 1번 출구에서

울지 말아요 기다리는 그대
어깨 위의 저녁 불빛을 봐요
이곳에서 구원받을지도 몰라요

치맛자락 같은 구름 솟아나는데
가여운 인내 가볍게 박살나는데
복숭앗빛 이마를 창에 대고 사랑하는 사람
기다리던 네가 그리워 그리워 유리에
네 이름 써보는데 지웠다 또 쓰는데

우리 다시 시작할 수 있을까

너의 냄새 못 잊어 못 잊어
행복했던 순간 떠올리지만

이곳에 흘러들어 붙들려
되뇐다 성실한 연애……
신기루에 불과하다

사랑이 끝나도 실패해도 패배해도
복수도 하지 않고 (비겁 비겁) 우리는 매일
웃으며 중얼거리며 수리수리마수리

내일, 그것을 희망이라고 부르는 전통, 완강해요

(앗싸라비아 콜롬비아)

누군가 사랑 때문에 죽어가고 있다

누굴까 너일까 나일까 누굴까

이별 후에 (이별 이별) 꺼지는 이곳
너무 지겨워 나를 지져줘 나를 묻어줘

나를 불태워줘

목구멍에 비명이 고인다 지난밤 이 세상엔 어떤 일도 일어나지 않은 것이 분명하다

네가 나를 찾아온 이유는 무엇일까 나누어준다는 사랑은 구원(舊怨)일까 기다린 나를 위한 정표라고 너는 대답하겠지

데려가겠다고 말했지만 네가 나를 버리고 떠나려는데 어디로 가서 거울 조각을 묻어야 하나 이곳에서 나는 부스러지겠지 누차 누차

불꽃이 사그라진 후에 폭포처럼 너는 뚜렷해지고 나에게는 너라는 발광체가 있어 넌 핏방울 같아

편도 같은 달이 다가온다 설움은 내 몸안에서 시작되었는데 너는 왜 울고 있나 무릎 아래는 왜 재가 되나

네가 떠나고 나는 이끼처럼 흐느끼겠지 산창(酸愴)은 물컵 안에서 열렬하게 식어가겠지 난 꿈틀거리겠지 극복하겠다고 되뇌면서

발자국을 따라가면 네가 있을까 볼 위에 맺힌 빗물 너의 얼룩 씻어낸다 너를 잊었기에 채찍을 맞고 살이 찢어져도

좋은데

　불붙기 전에 몸이라도 편취했다면 나의 미래 달라졌을
까 봉별 후 정맥에서 어둠이 퍼져나오네 너의 눈에 밤의 우
적(雨滴) 떨어진다

절곡(絶穀)

넉어
두고
왔네
나를

기다리다가

너덜
너덜
해
졌네

고
드
름
처
럼

말라붙었네

견고한 대지와 늪

곡산에 도착했다
땀이 식는다

구름 짙고 바람 선선하다
노동절 구름 그림자
정수리에 닿는다

경의선 객차 안에서
젖은 옷이 마르고 있다

세탁소에 수선 맡겼던
바지 어쩌다가 찢어졌을까

함께 움직이고 있다고 생각했지만
그것은 착각이거나 환각
내가 만든 것이었다
조작된 것이었다
언제든 일어날 일이었다

산비둘기 나무에 앉아
깃털을 고르고 있고
레깅스 입고 걷는 사람이 둘
달라붙은 사이클 바지는 바퀴

위에서 접혔다 펴진다 도드라진다

알 수 없는 것이 많다

가고 있었고 다가서고 있었고
혼자였다 바람이 잦아들 무렵
목적지가 나를 품었다 돌아가고
싶지 않았는데 돌아오고 말았다

자동적이었다

스스로 할 수 있는 건 부러지는 것
나를 의심하지 않는다

무모하고 부질없기 때문이다
무모하고 부질없는 것은 없기 때문이다

인정할 수 없었지만, 혼자는
뺨에 닿던 콘크리트처럼
구체적이었고, 소나무의 뿌리처럼
보고 만질 수 없는 것
생생했다 세계는 굳건했다

걸어가는 사람 지워지고 있다
어떻게 스며드는지 모른다

힘 힘 너머로

나는 네 옆에 살아남아서 창궐한다

너의 외부로 흘러나오는
평온의 핏물
사슬 묶인 채 불꽃에 먹힌

내가 바라보는 모든 것

네가 떠난 뒤
포식자에게 이름을 부여받은
순응하여 부드러워진
사용 후 버려진
산 채로 매몰된
더운 피 발그레한 살

안에서 꿈틀거리는
절명의 피막을 뚫는 비명
너의 잘린 토막으로
빚어낸 한 번의 포만 그리고 살
떨리는 자홍빛

내가 느끼는 모든 것

우리의 마지막 숨결 너머
동력도 없이 구동되는 기계들
닦고 기름 치고 조이자

안락 장치 더 깊고 세게

엔진 스타트 마력 상승
힘이 전달되자
나는 으르렁거린다

다른 몸으로 이접된다
눈을 감고 더듬는다
이웃하는 몸들
우글거리는 것들

네가 숨을 멈출 때
전기톱 스위치를 내릴 때
삼킨 후 뜨거워지는
너의 내부

Nothingness

아무도 아닌
내 안에서
아무는 누구

다무는 입
나를 닫아걸고
너를 묻는다

아무나 안고 싶다
아무에게나 주고
싶은 나는 누구
도 아닌 아무
나 나는 아무
는 사람

우리는 서로를
찢어버렸네
비명과 울음 없이
피 없이 애도 없이

절개된 채 썩는
아무와 아무
나 아닌 나와 너

속 다 내어준 채
문드러지고 있다
割, 愛

파주

돌아온다 떠나간 사람들
사별이었는데 늦게 출발했는데
생령으로 돌아와 살을 찌른다

너는 나를 긁어낼 수 없어

건너와, 초록불이 깜박거린다

그믐달처럼
눈뜨는 자 누구일까

하늘 한쪽이 환해진다
개복 후 끄집어낸다
타는데 소리가 없다
안쪽 환하고 뜨겁다

반대편에서 끔뻑거린다, 이리로 와
깊은 곳에서 너는 파열한다

시작이 있었기에 끝에 도달한 것
건너편, 신호를 기다리며, 건너편에서
내가 사라지는 모습, 평화롭다
이곳과 저곳의 나는 동일자다

보도에서 나를 떼어낸다
행군에 나선 병사의 첫 걸음
처럼 나풀나풀…… 동이 트는 새벽 꿈에 고향을 본 후

어둠 속으로 끌려간다
저항 없이 나는 먹힌다
나비가 날개 접고 앉아 있다

환면(幻面)

회의중에 받은 부음
성명 근처에서 솟는
열기 때문에 목이 탔다

떠나는 자의 최후에, 솟구치는
액체, 눈에 보이는 듯했다
만남과 이별이 동시 발생한다
넋 놓고 창밖을 바라본다
거울 속에 내가 없다

흰자위 위로 재가 지나간다
문산 가는 길 서쪽 하늘에
기러기떼 귀환하고 있다

그 사람 얼마나 외로웠을까
떠나기 전 잠자는 아들을
가만히 들여다보았다
누가 누워 있었을까

그 사람 가슴을 치는 자
나의 뒷모습일까
그림자 너울거린다

그 사람 숨결 넘어온다
밤의 울음소리 가까워진다

문산

어둠에 손 넣으면 네가 만져진다
공명에 볼 대면 내측이 환해진다

견고한 늪에 붙들린 너
물컹한 대지에 물린 나

어느 날 나는 너를 발굴한다
바람이 데려온 너를 쓰다듬는다

손이 기억하는 몸
공중에서 너를 캐낸다

내가 너를 보면 너는 나타나고
내가 눈을 감자 너는 들어온다

내가 여기 있을 때 너는
이곳에 있으려는 경향
너는 인조피혁이 아니다

나는 너를 넘기고 너는 나를 뱉고
서로의 피조물들 달콤한 꿀꺽들

유리 상자 안에 갇힌

인간 동물원에 전시된
한 쌍 우리 안의 너와 나

살아나는 밤의 불빛
등피 같은 흉곽 안에서
썩지 않고 가물거리는 너

살갗에 닿는 너의 입술
같은 바늘 인두 그리고

아프지만 아프겠지만
그리고 지워지겠지만
또한 지워지지
않겠지만 슬픔과 그리움
다시 나를 찾아오겠지만

망각과 회억의 상관관계 속에서

그날, 우리는 문산역 앞에서 짜장면을 먹고 복귀했다
그날, 우리는 문산역 앞에서 인식표를 나눠 가졌다

조준 사격

쉿소리
파닥이는 불빛 같다
가슴속 긁어대는

동해운수를 지날 때
네가 빠져나왔다
내 그림자 안에서

들숨도 날숨도
나를 분해하지 않는다

전철이, 문산행, 멀어졌다, 빠르게, 너보다

길은 갈라지고
너는 중천에 빨려들고
나는 흑점이 된다

총열 속 강선 따라 회전하는 총알

너를 사랑해↔나를 사랑한다는 네가 싫어

rewind

격발→싫어 싫어

너의 말이 나를 편칭한다

착한 에세이

전철이 풍경을 끌고 간다

종착지가 보이는 한 생을 되짚어본다

사람이 그리워지는 말랑한 저녁

할 수 있는 것
포기한 지, 아니 지운 지
오래되었다 그 사람
여기에 없다

마카롱을 베어먹고 싶다

늘 그랬듯이……

사랑을 잃은 자
나는 버려진 자
버러지가 돼버린 자
나였던 사람, 굿바이

나는 나를 떠난다 어디에도
내가 없다 나는 여전히 추워

나는 왜 이렇게 생겨나서
헤쳐진 채 살아야 하는가

손을 놓는다
그 사람 쏟아진다

내가 버린 사람, 늙어
말라간다 따스한 빛
몸에서 새어나온다

도착하면
무엇이 달라질까
그 밤에 우리는 무엇으로 변태했나
왜 매달렸고 누가 날개 폈나

무한한 두려움 끝없는 목마름 여름 저녁의 상념 강건히 가
로막는 음악, 〈Mein Herz brennt〉, 음악 같은 체벌, 더(러)
워지는 중이야 이별은 흘러가는 것 땀이나 눈물 같은 것이
지 사랑처럼 쉽게 탈색되지 사죄도 그러한 것

8호차 안, 나는, 가상이라네

전해줄 말 남아 있지 않아

묻힌 후엔 식물이 되고 싶어
풀꽃이면 좋겠어
누군가에게 밟히거나 꺾이는 것도
나쁘지 않아, 나를 솎아줘

시반 같은 그 사람
다가온다, 유령
스며든다, 나를 흡착한다

일어서야지 할일이 남았어 너는 나를 버릴 수 없어 너는
선구동물일 뿐이야

검은 사람들 늘어서 있다
화환 같은 담배 연기 피어오른다

(당신은 개미지옥
들어왔다가 흘러나가는 기쁨
기묘하고 차갑게
멀리 떨어져 있는 당신)

← 삼십 년 전 네 얼굴을 ← 입고 싶구나 네 몸 ← 올라가
게 해다오 ← 月が綺麗ですね ← 네게 정말 미안했다

내 안의 다른 사람 다른 사람
우리는 부풀다가 터질 거야

국화를 내려놓는다

영현(英顯) 처리

(서러운) 나는 (모조리
깡그리) 없어진 (뒤
떨어진) 사람이야

깨끗한 몸으로
상자 속에서 하얘지는
사냥개의 날숨 같은
너의 내음 낯설었다

직사각형 안으로 돌아갔다

홍천은 멀어지는 뒤편
터미널을 빠져나온다
우리는 붉은 장약이었고
엉겨붙었고 자주
포신처럼 딱딱해졌다 사행하는
강물이 머금은 읍의
불빛 빠르게 사라진다

연기가 피어오르자
향의 끄트머리가
부서졌다

창문을 연다
나는 어둠 속으로 빨려든다

기체 인간

튀어나온다→ 면전으로→ 쑥→
콧등 목덜미

바람 속에 손 내밀면
네가 느껴진다

살갗 향내
언제나 너는
내 앞에 있었구나

숨 멈추자
너는 떠나고
나는 버려지고

기식(倚息)

                            *

사랑이 저만치 가고 있네

선풍(旋風)이 너를 실어왔다

보고 싶었어

*

너는 말한다

네 곁으로 돌아갈게

돌아서서 눈감는다

바람이 나를 삭제한다

혼유석(魂遊石) 앞에서

—Contaminate me

바람 — 온건(溫乾)
　　|　　　|
햇빛 — 사행(蛇行)

석상 두 기, 저들은 기다리는 중이다

사랑을 찾아 모든 것을 버리고 떠나온 새

어디까지 날아갈 수 있을까

향나무 흔들리고, 눈꺼풀 움직인다, 가방 내려놓고, 고개
숙이고, 그림자 차고, 이팝 쳐다보고, 한 번 깜박이고, 바
람 안으로

석상 두 기, 저들은
움직이지 않을 것이다 쓰러지지 않을 것이다 이끼를 껴입
고 침식을 지켜볼 것이다

돌층계 너머 바깥의 나를 들여다본다, 빙결한 부조(浮彫)
여중생들이 팔짱 끼고 걸으면서 해설사의 설명을 들으면
서 웃으면서 올라온다 반팔 셔츠를 입은 인솔 교사가 륙색
을 메고 따라간다

석상 두 기, 가만히
지키고 있다 소나무 그림자가 어깨를 짚는다 석인이 슬퍼
보인다 손을 모으고 잠들었다 나는 저 문신의 조아리는 표
정을 본 것 같다

혀가, 돌이 된다 돌아온 사람이, 내 앞에 우뚝 선다, 무릎
을 꿇는다, 석양이 후두를 넘어간다 망자를 물들인다, 우리
는, 서로를 바라본다

아직 아무것도 사라지지 않았다
눈물이 볼에 닿는다
석상의 동자도 젖는다

쌍분(雙墳)

내 마음
차가운데
밤이 달을 지우고 있네

나는 님을 잊지 못하고
내 가슴
파먹힌 달 같으니

나는 울지 못하고
놀지 못하고

꿈자리에서도 님 못 안는데

아무나, 고픈, 나에게
달님 보내주면 좋겠네

둥둥 에루화 둥기둥
한입 떼어 먹네

꿀떡, 님, 얼굴

보름처럼 돌아오네
심장 있던 자리 환하네

꽃 무덤

엄마가 하얀 그림자 열고 목련 너머로 들어갔다

만개(滿開)였다

3부
보존 처리

폼페이, (그)라(디)바

투명하고 깊은 X의 흰 손이
내게 사랑을 불러왔지

X를 안고서 미끄러져 내려간다
어둠 안으로 들어가서 재생한다
기쁨과 두려움 그리고 가려움

나는 X의 체온을 잊지 못해
기억해 그것을, X의 것을
불덩어리의 아름다운 활강을

X의 귀환을 믿어, X가 살아
있다는 말을 해줘, 쏟아지는
불꽃이 나를 웃음 짓게 해

*

부활, 그것을 죄라고 선언한다
내가 묻힌 이곳 X가 만들었다

이것은
명백한 후회이고 진실의
이미지에 불과하다

056

이곳에
내가 없다 내가 X일까
X를 박피하려고 한다
X는 언어의 조합에 불과하다

*

내 멱살을 잡고
흔들어요 내가 살아나게
내가 더 밝아지게 나는 아직
깨지(지 않)고 싶지 않아요

피가 흘러요
미래를 향해 나아가는
환형동물 같아요 나는
X를 거부할 수
없어요 X가 나의 주인이기
때문이에요 나는
먹(히)고 있어요

*

X가 나에게 하는 말: 네가 나를 구해줘. 바람 속에 나를 흩뿌려줘. 너의 사랑을 믿어. 너만이 나를 전별할 수 있어. 열파가 입안에 들어찬다. 너의 숨 가득해.

*

X에게 내가 건네는 말: 사투르누스가 나를 잡아먹었다. 떠난 지 오래되었는데 나는 붙들린 것 같다. 다른 나를 그곳에 매장하고 왔다. 아침의 빛 속으로, 참새들 날아간다. 깃털을 간질이는 햇빛, 가볍다. 땀이 흘러내린다. 불꽃 포물선이 다가온다. 이별까지 완수했다면…… 운명이었을까.

*

이렇게 되게 되어 있었다

*

Δt: 바람에 행운목 잎사귀 흔들린다. 식물들 공간을 구부린다, 시간을 끌어당긴다. 아파트 옥상 배기구, 회전하는 날개. 펼쳐졌다 오므라지는, 모였다 퍼지는, 말렸다 풀어지는, 비명, 파랗게 물결친다. 기다릴 수 있다면, 결코, 울지 않으리.

058

X가 나에게 해주는 말: 내가 너야. 너를 사랑해. 너의 사랑이 필요해. 우리 죽을 때까지 헤어지지 말자.

X에게 내가 건네는 말: 내가 나에게 떠먹이는 미음. 나의 죽음이 도래했는데 너는 떠나지 않네. 정말로 헤어진 것일까. 사람(이/을) 묻었다. 산이 무너진 후 여덟번째 요일이었다.

*

X는 누구일까

*

17:08. X가 떠나지 않는다. 사물, 페이스트리 같은 것, 고유성을 잃어간다. 분별, 필요, 없다. 선풍기의 전원을 누른다. 바람 너머 공중에 검은 크레바스. 나는 그 어떤 것도 사실로 받아들이지 못한다. 입안으로 파고드는 문장 하나. 너는 반감(半減)할까. 기억 속의 감각, 보존 처리. 파묻혔던 기표가 노출되었다. 기표가 현상한 모든 것이 거짓이다. 사라져 없어진 것들. 내 손바닥 위에 놓여 있다. 푸드득, 기억의 물증, 날아간다.

17:26. X가 충실하게 파동을 송달한다. 끝의 끝에 도달했다. 재귀(再歸).

17:35. 목 잘린 죄수 같다. X는 어느새 멀어진 느낌. 여기 기록된 언어는 누구의 것일까. 이곳의 나인가, 거기, 너인가. 누가 나인가. 골절과 침몰.

17:44. 저녁이 밀려오는 시간. 고요가 깃들자 사랑이 시작된다. 한 생이 저물고 있다.

17:53. 나는 여태 앉아 있어. 누구를 기다리는지 알 수 없어. 누구라도 상관없어. 전부 망실로 처리했으니까. 기다리는 나도 지워지고 있으니까. 내가 연소되면, 나를 잊어줘. 재도 남겨두지 마. 바위가 녹아내려. 아픔도 몰라. 살 타는 냄새 가득하네. 밤의 내장 안으로 들어가네. 네가 몸속에서 꿈틀거린다. 구멍에서 피가 흘러내린다.

∞:∞. 폭우가 쏟아진다. 바위가 굳는다. 빗물 혓바닥 땅을 핥는다. 새로운 X가 태어난다. 방혈하면 나는 깨끗해질까. 나와 공동(空洞) 사이에, 나와 너 사이에, 비가 있다. 비가 나를 다스린다. 나는 녹는다, 흘러간다. 용암. 종말. 사랑은 망각 후에 발굴될 것이다.

4부

별사

적열(赤熱)

단풍 짙은 공원
탭댄스 추면서
노래 부를까
공중에 휘파람 꽂아볼까
기우는 햇빛
그림자 길어지네

아들은 편의점에서
포카리 아이스께끼 왕꿈틀이
주머니에 넣고

오십 미터 너머로
야구공을 힘껏
최동원처럼 투구
하강 궤적 하강

엔드라인을 향해 던져진
아름다운 것들

몸이었던 것 나였던 것
내려놓고
떠났다가 겨울 지나면
돌아오는 나무처럼

몇 번의 봄이 나를
재생시키겠지만, 날아가서
지면에 부딪힌 후
튀어오르는 공, 누가
우리를 이 생에 데려왔나

일요일 오후
운동장의 아이들
웃음과 고함에 그슬려
낯이 뜨거워진다

맥주를 들고 집으로

주말이니까
기적이 일어날지도 모르니까
일주일이 지났으니까
잘 살아냈으니까

철봉과 떡갈나무를 지나
입영 열차를 탄 것처럼
보슬비와 동행하는데
모퉁이를 두 번
돌아서니 점등한
편의점에서 타전되는
—Everybody's working for the weekend

여기는 말머리
랑데부 랑데부

23시 48분
당기시오
하이……
씨 유…… 우리는 밑바닥

불빛의 속임수는 아니야
체취만으로 알 수 있어

같이 맥주를 마시고 싶어

진열대 앞을 서성대는
얼굴 바라보면 창
밖으로 고개 돌리는 사람

막차를 놓칠까
뛰어가는 사람
쾌속의 라이더
헬멧 번득인다

냉장고가 닫히자
유리에 어른거리는
피처를 들고 있는 낯선 사람

도토리 떨어지는 가을밤
어둠을 이고 있는
나뭇가지 아치를 지나
휴가병처럼 집으로
맥주를 들고 집으로

이곳은 말머리
—Everybody wants a new romance

랑데부, 너를 만날까
랑데부, 너를 만나면
다시 안고 싶어질까

숙인 채 돌아가는 사람
두 걸음 앞서가는 사람

잠깐만요 혹시 기억하시나요 일주일 전 이곳에서 헤어졌
는데

칠 일이 지났다고
끝난 것은 아닌데

사랑 후에 씻어버린
거품…… 나는 부산물
글라스에 달라붙은 물방울

뜯어낼 수 있을 것 같아
그 얼굴

랑데부처럼
콧등에 떨어지는 빗방울

여기는 마두

씨 유 레이터

랑데부 23시 48분

거의 끝나가고 있지만 아무도 끝을 알지 못하는 밤

단자(單子)의 플롯

사람들이 초침보다 빠르게 몰려갔다

폭탄세일
뛰면서 살코기를 눈여겨보는데

아무도 폭발하지 않았다

껍질 벗겨진 채 놓여 있다
살 위에 살이 쌓여 있다
목덜미에 땀이 흐른다
전면과 배면 붙어 끈끈하다

비닐봉지에 넉 근
저녁식사, 고기를 먹을 것이다
너끈할 것이다 딴딴해질 것이다

영수증 받고 돌아서는데 목이 조이고
아픈 데 없는데 숨이 막힌다

앞에서 뒤로 열기가 퍼진다
한 조각도 남기지 않을 것이다
사람들이 나를 들고 얘기한다

굿 보이…… 말도 잘 듣고…… 맛도 좋을 거야

매출액이 정점에 다다른다

쏟아질 듯하다

매대에 남아 있던 식육을 봤다

회회(蛔蛔)

사노(私奴)처럼 너를 기다리다가 생매장된 나를 꺼내기
위해 햇빛의 칼로 복부의 적반 도려낸다

너와 나는 물상(物象) 우리는 마른 이면지처럼 (불)붙지
않는다 사람들은 우리를 쪼개진 목저라 부르고

나는 더 큰 아픔 기다리는데 너는 나를 떠났는데 헤어진
몸, 사출한 그 몸 소각하고 손바닥에 징 박는다

목관을 지나는 숨은 음악으로 바뀌고 말하지 못한 그리
움, 전쟁고아처럼, 입에 울음이 고이는데

이별, 나를 짓찢는다, 몸 나간, 마음과 마음, 쫓아낸 몸

우리는 서로에게 기생했구나

생니 뽑아낸 것 같다 뱀파이어처럼 연소된다 동천을 가
로지르는 철새 망각도 없이 나타나는 자동 반복 기계들 나
를 끌고 간다

가소성

소각장의 열기
땀방울이 맺힌다
표정이 사라질 것이다

귀와 코와 입
뭉개져 하나가 된다

별빛이 해파리처럼 차갑다

흑암이 너의 절반을
불꽃이 절반의 나를
갉아먹는다

나의 입구에서
너는 소금 기둥

훈증

통증 없이 나를 기재한다
후회 없이 나를 벗겨낸다

조금 더 멀어졌던가
나는 어디에서 어떻게 부패했던가

부르튼 얼굴 들여다보면

느리게 달라질까
우리는 무엇으로부터

                        비롯된 것
                    발생된 것
                기억된 것
            서술된 것
일까

외부
        밀려든다
                내부 달군다
                    쾌미 펄럭
                        폭증한다

가만히 가만히
거피하는 햇빛 칼날

실혈(失血)

허공은 단 한 번도 빈 적이 없다

화장장에서

그 사람이 나의 군주였다
그 사람의 몸종이 나였다

눈에 어른거리는 환귀(幻鬼)
전생에서 이생으로
한없이 새어나온다

*

바람이 시취를 물고 나를 찾아왔다
초열지옥 속에서 그 사람 울부짖는다
비화(飛火) 등천한다

이것이 나의 절망이고
이것이 은원과 고통으로 빚어진 현재

*

절망적인 무균 상태

뜨거운 두께 사라진다

*

어떻게 어떻게 살다보니 문득 보름달이 눈앞에 드리워져 있더군
눈에 그 얼굴 들어차고, 달
배 위에 내려앉으면 내 안에 똬리 튼 다른 몸이 부풀더군

*

그 눈에 고였던 그림자 내 눈으로 건너온다

이것은 어떤 사랑이 빚어낸 절망인가

겁풍(劫風) 엉기고 엉긴다

암염과 염통 눌어붙는다

단자의 리스페리돈

너 누구니?
나도 몰라 너 아니니?

나는 내가 아니야
내가 누군지 모르겠어 알고 싶지
않아 얕은 호흡 속에서 허우적
거리다 짓눌린 자의 표정으로

달라지겠지 전쟁과 전염
미망의 광기 나아지겠지
행복 무엇일까 고민
끝에 다다른 연민, 너 참
괴롭지? 그렇다고 다른 방법?
없다 다른 사건에 다다른 사랑뿐

허리 곧추세우고 거울에
들어 있는 나를 들여다보는데 내가
희미해지고 있다 여기 숨어사는
자 누구인가 목마르다 봄
지나가는데 사람 드물다 어떻게든
일상 지속되겠지만 넌
어떻게 할래?

나이트 크롤러 다가온다 천둥
와그르르 공간을 물어뜯는다
달라지지 않는 것, 생활
속에 나를 장입하고 바둥거린다

돌아오지 않는 너 코스모스처럼
토라져서 멀어지는구나
너를 붙잡지 않겠다
우리 벌어져 조금 더 멀어져
야 한다면 그래야겠지 그래
야 아프지 않으니까 그래야
깊게 받아들일 수
있으니까 더 오랫동안
널 머금을 수 있으니까

위와 아래
너 해머 나 모루

사랑 앞에 공포 없다
불가능하지 않기 때문이다

기다려보자 견뎌보자 달라질 것이다
신념으로 전환되는 욕망

변태하는 기분

흐르는 것 눈물이겠지 나는 모든 것
짜내겠지 사랑하는 사람아 우리
라메르 앞을 지나다가 살냄새
코를 찔렀지만 문 열고 들어가지
않았지 그 몸 깊숙한 곳
슬픔을 봤기 때문이야

건넌방의 리코더 소리
아이의 허파에서 빠져나오는 숨

손댈 수 없는 것 날 가로지른다

어렵지 않게 나는 처치될 것이다

메틸렌 블루

동피랑 강구안
동그란 파랑

일렁이는 바다
입안으로 밀려드는 뱃고동

캔버스 밖에서
세계는 정밀해진다

동결건조된다
연풍에 흔들리는 깃발

나는 야위어
멀어지는 섬처럼 가벼워진다

씨돼지의 비명 같은
바다 냄새, 홀린 육체

햇빛 총검술
목이 지워진다

대속(代贖)과 구령(救靈)

술은 내 몸속에서 향수같이 빛났다
바른팔이 왼팔을, 왼팔이 바른팔을
가혹하게 매질했다*

그 사람 만날 때, 나는, 약하지 (약 하지) 않았다, 과오를
거듭하지 않겠지만, 나는 영구히 떠나지 않겠지만, 그것은
사랑이 아니고, 사랑하는 이들은, 결단코 만나지 않는다.

오열장탄에 애곡할 뿐 뒤따를 애인이 없네
잔디 뜯어 서풍에 흩뿌리며
왜 죽었소 왜 죽었소 옥 같은 날 여기 두고 왜 죽었소**

사랑하는 이들이여, 그대들의 사랑에 언제나 다정한 결말
이 있으리라. 자애 깊은 부로가 청년을 쓰러뜨렸다. 오래전
그들은 함께 묻혔다.

서산에 지는 해 어느 누가 잡아매고
동해 유수 흐르는 물은 다시 오기 어려워라
절통하구나 그 어른 한 번 죽음 못 면하고***

갈라선 자 먼지가 될 시간

못 간다 못 간다 길이 멀어

못 간다 산이 높아 못 간다****

그 사람 사실인가, 그 사람 공포인가 상상인가 우리가 소
실되는 풍경 그 사람의 얼굴 밖으로, 송곳, 삐져나온다

거암과 같은 불안이 (……) 덤벼든다
나는 야행열차와 같이 자야 옳을는지도 모른다*****

* 이상, 「공포의 기록」에서.
** 서도잡가 〈제전〉에서.
*** 서도잡가 〈초로인생〉에서.
**** 서도잡가 〈전장가〉에서.
***** 이상, 같은 글에서.

출장길, 뒤돌아보니 인중과 아미(蛾眉)가

펼쳐지네 에브리데이 낫띵 벗 러브

밤의 날개 다가오는데
토르소처럼 나를 외면하고 나를 버리고
있던 곳으로 돌아간 사람

점점 가까워지면서
점점점 빨라지는 망각 기차

님 찾는 나는 안절부절 쏠라닥쏠라닥 하늘로 날아오르고
범선 돛 펼치고 두부처럼 다가오고 부푼 볼에 닿는
콧바람 따스하고 습하고

그네가 눈썹까지 올라오고
출렁이는 배 위에서 내려다본 얼굴
환하게 사라지는 순간 백업 블로업
내 얼굴과 그 얼굴의 변증 무한 반복되고

언제나 함께 있었지만 한몸은 아니었다오

헤어졌는데 만난 적
없고 만났으나 헤어진 적
없고 만나고 헤어졌지만 한 덩어리

두 몸 떨어질 줄 모르고

절박한 발열 후에
나는 없어지고

그 몸 떠났는데 문 닫지 못했네

다녀오리다

조운트조(soundso)

정오를 넘어선다 피곤이 평화를 불러온다 (그걸 믿는다
니 어리숙하군) 이륙하는 비행기에 손 흔들어주고 나도 싣
고 가라고 말한다 (너는 버려졌잖아 아직도 희망을 믿는구
나) 햇빛이 유리 깨지는 소리를 공중에 내건다 (논리만으로
살 수는 없어 이지 미지 이미 지) 건조한 바람의 소용돌이
야외 테이블에 둘러앉아 맥주 마시기 좋은 날씨 하늘거리는
나뭇잎들의 속삭임 잠자리가 날아다닌다 오늘 풍경 산뜻하
다 (내일이 처서라지? 너는 가을 쪽으로 떠난다고? 남반구
에 착륙하는 해를 따라가려고?) 그곳에 도착하면 운명적인
사랑을 만나게 될까

사랑하는 사람이 자꾸 사라진다, 이 세계가 되풀이되는
느낌, (어떤 별사가 너를 구성하는지 알기 바라), 감지할 수
없는 어떤 힘이 나를 끌고 가는데, (그건 분석적인 사고가
아니잖아 원인과 결과를 분리시키지 말기 바라), 양동규내
과에서 지나친 환자들 예후가 깃든 눈빛이 진해져 있었다,
(망각은 가짜인데 너는 잘도 속는구나), 받아들이지 않기로
한다 너는 부재자, (너는 정보의 재편성에 불과할지도 몰라
네가 살아 있다는 증거가 없지 않니), 약봉지의 글자들 번
진다, 일몰 즈음의 햇빛이 어루만지는 건물, (환부가 따뜻
해지고 있어 너를 잃었다는 것은 거짓일지도 몰라), 혼자서
는 사랑할 수 없고 우리는 나눈 것이 없고, 이것은 어쩌면
멀리, 만난 적이 없었으니까 나눈 것이 없으니까, 서쪽으로

날아오른 여객기, 너처럼, 선회할 것이다

　끝에 이르러 바라보는 대지 (이 미지 이 미 지) 우리가 다
시 만나면 세계가 사라질까 나는 살았으나 절반을 잃고 희
미해지고 (너는 벌써 끝났어?) 내가 너를 만났던가

수색역에서, 1988

물그림 물끄러미
우리가 머금었던 물빛 안으로
미끄러져 들어간다

공중에는 배어나는 물, 물빛, 빗물
역전 벤치에 앉아 있는 너에게

자판기 커피를 건넨다
콧등에 닿는 비
너의 체취 몽글거린다

물낯에 손 넣자
너는 사라지고
혼자에게
나는 돌아오고

흐트러지는 물방울
다가서다가 낱낱
가는 비 멀어진다

너를 잃고 나의 물빛
엷어지고 묽어지고 빗방울
까치발로 달아나고

물빛 물빛으로 빚은 얼굴
눈썹을 적시는 비
널 부르고 불러 세운다
너는 돌아본다 얇게 퍼진다

방울마다 너의 얼굴 녹아내리는
얼굴에 떨어지는 빗방울
네가 돌아왔다

더 멀리, 우리의 색신

　너는 바닷가 절벽 아래 좁은 인도를 걷고 있었다 절룩거렸다 난간에 팔을 올린 채 바다를 바라본다 너는 시간에 부식되었고 나는 골절되었고 아직 낫지 않았고 너는 그 사랑을 알지 못했고 뒤따라가는 나를 돌아보지 않았고 하여 나는 영원한 고절을 앓고 피골을 잃어버리고…… 아무와도 상접하지 못했다 그림자 발목부터 지워진다 바람 혀끝을 스친다 수평선 근처 구름이 피어오른다 내외가 뒤집힌다

●

　오후의 실내에 햇빛 가득하다, 햇살 속 맨살이 따스해지기 쉬운 상태, 간간이 열락을 떠올렸다, 아무도 없는데 아무것도 지니고 있지 않은데 몸은 달아오르고, 달콤하다, 마음은 붉어진다, 불일치의 묘미라고 써본다, 잃어버렸는데 아직 품고 있다고 믿는데 벌써 없어진 것, 의심이 커진다 아래에서 위로 움직인다, 오가는 사람이 있었던가, **nouns like this**, 환영 감사 환영 맹목, 눈앞에 펼쳐진다, 초대한 적 없고 쫓은 적도 없는데 내 안에 살고 있다고 외친다, 외옹치항을 지날 때마다 심사대 앞에 선 난민 같은 느낌에 사로잡혔다, **feelings like this**, 익사, 사랑에 빠진 자의 내일, 결코 도래하지 않을…… 불수의근처럼 따라붙는다, **someone like you**, 괜찮다, **you are signifiant**.

●

　우리가 서로에게 새겨넣은 9224010-9224045 글자와 몸 글
자의 몸 저곳과 이곳에서 나는 동시에 사라지고 있다 연기
창문 너머로 흘러간다 내가 나를 버리자 네가 내 앞에 서 있
네 영원히 창공에 머무는 너 눈이 부시다 매달려 흔들리는
몸통 마침내 나는 네가 있는 곳에 도달한다

두 눈으로 우는 우리는 사후(死後)에

너를 감싸안으면 너는 빠져나가지 않을 거야
내가 뜨거워지더라도 놀라지 않을 거야

신비가 눈을 뜨고 우리를 바라볼 때 우리는 단번에 휘감
기는데
한 발자국도 움직이지 않았는데 어느 날 헤어질 수도 없
이, 끝끝내

나의 입과 너의 귀가 가까워지고 나는 다가가 너를 길어
올리고
나는 하고 싶은 말을 흐트러뜨리지, 사랑한다고 말하면
부서질 것 같아

소나무 껍질 같은 손등이 너의 머리칼을 스칠 때, 사랑한
다는 말보다 몸
꽃바람 날숨 눈썹을 간질이지만 눈은 감기지 않아 드디어

움푹한 곳마다 꽃이 피고 우리는 서로에게서 벗어나지 못
하지 영원히
품안에 머물게 되지 사랑 있는 날로 돌아가지 못하는

우리 몸에서 솟구친 열기 배꼽 지나 가슴 지나 목을 할퀴
고 입까지

올라와 열꽃 핀 얼굴 나에게 데려오고 수성(水性)으로 가
득해지고

목소리 입안에서 그윽해지고 너는 나에게서 멀어지고
나의 손가락 바람 속에서 돋아나고 너는 물리고 풀리고
허물어지는데

나를 머금기 위해 다가오는 보드라운 것 흰 동공에 고이
는 공허

●

우리는 경험하는 자. 우리가 그러안고 있는 돌, 같은, 몸.
환희에 젖어 응집한다. 풀이 바람 속으로 신음을 분사한다.
지배하던 것이 돌아오고, 나는 부복한다. 너의 박동이 말단
에서 첨단으로 이동한다. 파르르 떠는 저곳의 불빛.

우리는 출렁이겠지

광장의 굉음에 절삭되며 신음하는 몸들. 검은 돛배처럼
눈을 감는다. 우리의 신체는 사라지는 것. 세계의 전부를 소
실(燒失)한 후 슬픈 정물화 같은 다른 몸으로 건너간다. 내
몸은 비어 있던 적이 없다. 네가 돌아온다.

폭장(曝葬)

얼굴 밑에 해골
흉강 안에 어둠

봄바람처럼 만나게 될 너
꽃씨 찾듯 두리번거리는데
너의 말소리 들렸다

다시는 너를 잃지 않을 거야
어디에도 너를 보내지 않을 거야

살 속의 뼈처럼
떠나는 꽃처럼
너는 나에게 들어왔다가 빠져나갔다

너를 잃고 분골된 나

흩어진다
꽃잎이 날아간다

눈물이 쉬루르

양순모(문학평론가)

마을버스에서 아이가 가만히 손을 올려놓는다

허벅지에 빨판 같은 나뭇잎 한 장이 내려앉았다

내가 어린 아버지 손을 잡고 걷는다

길 끝에서 우리는 헤어질 것이다

—「영원(永遠)」 전문

　시인의 가장 최근 시집 『이별 후의 이별』(아시아, 2023)에 실린 「영원(永遠)」이라는 시편을 좋아했다. 누구보다도 시인답게 지독하게 이어온 이별, 그 한 끝판을 본 것만 같았기 때문이다. 이별 후의 이별. 이를 위한 영원 한 조각 정도는 괜찮지 않을까. 그럴 수밖에 없었을 것이다. 아니 그래야만 했을 것이다. 이별의 사랑. 『태양의 연대기』(문학과지성사, 2008)부터 일찍이 청년의 사랑을 통과해 장년의 그것에 도달한 시인이다. 좀처럼 이별하기 어려운 사랑과 이별하며 더 깊은 사랑을 이어간 시인의 영원, 그에 어떤 믿음을 가지지 않기란 어려울 것이다.

길이 내 안으로 들어왔다
갈고리가 나를 관통했다

나는 파열하고 있었다
길이 나를 끌고 왔다

● ● 너머에서 네가 나를 부른다
꽃이 비어져나왔다

만곡한 길이었다

꽃잎 떨어진 그곳에서
네가 시작되고 있다
없었던 것이 나를 찾아온다

걸어온 길 뒤틀리고 줄어들고 마침내
나를 함몰시키고 압축시켰다

분분히 흩날리는
꽃잎이 나였다
걷던 내가 사라졌다
길이 나를 묘혈에 찔러넣었다

나는 회전을 시작한다

무한 천공 열린다

—「플랑크 타임」 부분

길 끝에서 헤어진 줄 알았는데, 길이 '나' 안으로 들어왔다. 갈고리처럼 '나'를 관통했다. 길이 '나'를 끌고 왔다. 떨어진 나뭇잎 너머로 다시금 꽃이 비어져나오고, 그렇게 네가 다시 시작되었다. 꽃잎이 떨어진다. '나'는 사라진다. 길은 '나'를 파열시키고, 함몰시키고, 압축시키고, 결국 무덤에 찔러넣는다. 구멍(穿孔)이 뚫린다. 아니 '나' 자신이 그 구멍이 된다. 안팎을 관통한 길과 더불어 끝없는 하늘(天空)이 열린다.

영원, 그 한 조각 품는 것이 그리 큰 욕심이었을까. 시집을 여는 시편의 제목 '플랑크 타임'은 물리학에서 말하는 가장 짧은 시간 척도이자 물리법칙이 유효하게 적용되는 최소의 시간을 의미한다. 이보다 이전은 기존 물리학으로는 설명할 수 없는 미지의 영역으로, 시적으로 말하자면 플랑크 타임은 저곳과 이곳, 없음과 있음, 알 수 없음과 앎, 카오스와 코스모스의 경계라 이해해볼 수 있겠다.

그러므로 그곳에선 "네가 쏟아지고 나는 부서지고 형해 날아오르고" "이곳과 그곳, 영원히 반복되는 1초 전과 후" "잃어버린 것과 돌아올 것이 뒤섞"인다는 진술이, "나는 없

어지는 자//과거의 나는 살아 있다” “그 누구도 떠나지 않
았고/그 무엇도 지워지지 않았다” “너와 나는 동시에 탄
생”(「플랑크 타임」)한다와 같은 확언이 어색하지 않다. 다
만, 그곳은 이별을 둘러싼 그간의 노력과 사랑이 무용해지
는 장면으로만 가득한 것 같다.

＊

　신경증이라는 기능의 뒤틀린 작동이나 승화라는 정신
적 배출 외에 다른 해결책은 없는 것일까? 자아와 초자아
의 기능적 상호 의존이 아니라, 그들 사이의 구조적 분열
과 관련된 제3의 대안은 존재할 수 없는 것인가? 그런데
이야말로 프로이트가 ‘도착(perversion)’이라는 이름으로
명명한 바로 그 대안이 아닌가?[1]

“전부(all)인가 아무것(nothing)도 아닌가?”라는 질문 앞
에서 “자신을 소외시키며 이 소외 속에서 스스로에게 시지
프스적 노역을 선고하는” 이들, “전능한 어머니”라는 환상
에 “무조건적으로 매달”리며 “결여에 대한 반복되는 부인”
을 “참담”하게 수행할 수밖에 없는 이들. 다시 말해 ‘절대’

---

1) Gilles Deleuze, Masochism : Coldness and Cruelty, trans. Jean
McNeil (New York : Zone Books, 1991), p. 117.

의 존재를 위해 '나'를 그의 대리자(agent)로 소외시키는, 그런 도착자들이 있다.[2]

일상에서의 도착은 '변태' 및 '범죄'와 사실상 동의어로 간주되지만, 정신분석에서 설명하는 도착은 발병적 현상이기 이전에 보편적인 구조(structure)로서의 특징을 의미한다. 우리 모두 제정신 아닌 채 제정신 비슷한 것으로 보이게 살아가듯, 도착 역시 마찬가지. "변태로 간주될 수 없"을 뿐 아니라 "특별히 고매한 지성 발달과 윤리적 교양으로 이름 높은 사람들에게서도"[3] 발견된다는 도착은 '사회(법)' 속에서 '나'를 구성하는 과정에 내재한 구조의 산물이자, 경우에 따라 언제든 처할 수 있는 위치(position)로 규정되기도 한다.

> 사랑을 잃은 자
> 나는 버려진 자
> 버러지가 돼버린 자
> 나였던 사람, 굿바이
>
> 나는 나를 떠난다 이곳에도

---

2) 조엘 도르, 『라깡과 정신분석임상: 구조와 도착증』, 홍준기 옮김, 아난케, 2005, 194~202쪽.
3) 지그문트 프로이트, 『성욕에 관한 세 편의 에세이』, 김정일 옮김, 열린책들, 1996, 24쪽.

내가 없다 나는 여전히 추워

나는 왜 이렇게 생겨나서
헤쳐진 채 살아야 하는가

손을 놓는다
그 사람 쏟아진다

—「착한 에세이」 부분

그러니 오이디푸스콤플렉스와 같은 최초의 상실을 감당하지 못한 채 거듭해 그곳으로 되돌아가는 이들은, 포기할 수 없는 어떤 '꿈'을 붙들고 있는 사람들, 그것이 불가능한 꿈이라는 걸 알고 있음에도 불구하고 그저 붙들 수밖에 없는 사람들이다. '나'는 왜 이렇게 생겨나서 헤쳐진 채 살아야 하는가. '나'는 사랑을 잃은 자. 버려진 자. 버러지가 돼 버린 자. 화자는 '나'를 다잡았던 손을 놓고 다시 너에게로 향한다. 그럴 수밖에 없었을 것이다. 「영원(永遠)」에서와 마찬가지로, 그래야만 했을 것이다.

"엄마가 하얀 그림자 열고 목련 너머로 들어갔"(「꽃 무덤」)다. 어느덧 『우리가 소실되는 풍경』에는 그 흔했던 아버지가 보이질 않는다. 내 최초의 전부, 이를 둘러싼 애도가 한 평생이 소요되는 완료 불가능한 무엇이라면, 도착은 그 끝없음을 거듭해 환기하며 보다 근본적인 애도 작업을

작동시킨다. 가장 완강한 거부, 그렇기에 무엇보다 깊은 슬픔. 물론 이 길이 진정 제3의 대안이 될 수 있을지는 좀더 얘기해봐야 할 것이다. 당장에, 이별에 역행하며 펼쳐지는 무한 천공의 영원 그리고 어린 아버지 손 같은 나뭇잎 한 장의 영원 사이에서, 우리는 어떤 길로 나아가야 할지 아직 결정하지 못했다.

*

투명하고 깊은 X의 흰 손이
내게 사랑을 불러왔지

X를 안고서 미끄러져 내려간다
어둠 안으로 들어가서 재생한다
기쁨과 두려움 그리고 가려움

나는 X의 체온을 잊지 못해
기억해 그것을, X의 것을
불덩어리의 아름다운 활강을

X의 귀환을 믿어, X가 살아
있다는 말을 해줘, 쏟아지는
불꽃이 나를 웃음 짓게 해

*

부활, 그것을 죄라고 선언한다
내가 묻힌 이곳 X가 만들었다

이것은
명백한 후회이고 진실의
이미지에 불과하다

이곳에
내가 없다 내가 X일까
X를 박피하려고 한다
X는 언어의 조합에 불과하다

*

내 멱살을 잡고
흔들어요 내가 살아나게
내가 더 밝아지게 나는 아직
깨지(지 않)고 싶지 않아요

피가 흘러요
미래를 향해 나아가는

　　환형동물 같아요 나는
　　X를 거부할 수
　　없어요 X가 나의 주인이기
　　때문이에요 나는
　　먹(히)고 있어요

—「폼페이, (그)라(디)바」 부분

　X를 안고서 미끄러져 내려간다. 어둠 안으로 들어가서 재생한다. 기쁨과 두려움, 가려움이 함께 밀려온다. 화자는 X의 체온을 잊지 못한 채 그 귀환을 믿지만, 그것이 명백한 후회이자 진실의 이미지에 불과하다는 사실 또한 알고 있다. 한편으론 X를 박피하려 하고, 이를 언어의 조합에 불과한 것으로 밀어내려 하지만, 끝내 X를 거부할 수가 없는 것이다. '깨지고'와 '깨지지 않고' 사이, '먹히고'와 '먹고' 사이, '나'는 두 명의 '나'로 나뉘고 그 사이는 점점 넓어져간다.

　다행히도 '나'들 사이의 계속되는 긴장 속에서 독자는 또 다른 '나'를 발견한다. 예컨대 "무모하고 부질없기 때문이다/무모하고 부질없는 것은 없기 때문이다"(「견고한 대지와 늪」) 같은 문장을 기술하는 '나', 두 개의 슬픔과 영원, 그 어쩔 수 없는 것들을 받아 적는 시인을 발견한다. 그리고 우리는 도착과 더불어 분열하는 두 '나', 그리고 도착 바깥에서 이를 기술하는 '나'와 함께 『우리가 소실되는 풍경』을 읽어간다. 즉 도착에 의한 분열을 되살아내고 있는 시인과 더불어 두 갈래로 나뉜 영원의 길 모두를, 혹은 그 사잇길을 걸어가볼 수 있는 셈이다. 좀더 정확히는, 좁혀지지 않는 두 영원을 한 몸으로 붙들고 있는 시인 속으로 걸어들어가볼 수 있는 셈이다.

그리고 이내 우리는 도착에 의한 '나'들 사이의 분열을 긴장적으로 기술하다가도, 자꾸 한쪽으로 고꾸라지고 마는 '나-시인'의 목소리를 마주한다. "이렇게 되게 되어 있었다"(「폼페이, (그)라(디)바」). "어둠 속으로 끌려간다/저항 없이 나는 먹힌다/나비가 날개 접고 앉아 있다"(「파주」). 시인의 작품을 둘러싼 그간의 많은 독해들이 이 같은 긴장 속에서 저마다의 의미와 아름다움을 취해왔다고 한다면, 『우리가 소실되는 풍경』은 이제 그러한 긴장의 성공이나 힘겨운 종합보다도, 오직 그 처참한 실패만을 보여주기로 작정한 것만 같다.

멜랑콜리의 승리인가. 그렇지는 않을 것이다. 그간 대다수 멜랑콜리커들의 우울이 시쓰기/읽기와 더불어 결국엔 새로운 사랑과 애도로 이어지곤 했다면, 『우리가 소실되는 풍경』은 그러한 접근과 해석을 끝끝내 거부하는 것으로 보이기 때문이다. 그보다는 멜랑콜리의 멜랑콜리. 즉 타자를 애도하는 일에 실패하는 것 너머, 그러한 실패를 수행하는 '나'를 다시금 애도하는 일마저도 실패하게끔 만드는 시쓰기. 어쩌면 가장 깊은 의미의, 가장 바른 의미의 멜랑콜리. 『우리가 소실되는 풍경』에서 반드시 마주해야 할 풍경이 있다

면 바로 저 '나', 패배를 단호히 패배이게끔 만드는 '나'여
야 할 것 같다.

*

처음 원고를 받았을 때 시집의 가제는 '이미지'였다. 이미
지를 직접적으로 언급하는 시편은 두 편, 「폼페이, (그)라
(디)바」("이것은/명백한 후회이고 진실의/이미지에 불과하
다"), 「조운트조(soundso)」("논리만으로 살 수는 없어 이
지 미지 이미 지"). 명백히도 진실이 아닌 것으로서의 이미
지, 후회밖에 남지 않을 이미지이지만, 논리만으로 살 수는
없겠다. 시인의 도착은 이미지로 향한다.

심리적 성향들의 방향을 결정하는 것, 그것은 바로 원초
적인 이미지들이다. 관심이 없는 것에 문득 어떤 관심을
갖게 하는 것, 대상에의 관심을 갖게 하는 것은 바로 스펙
터클들과 인상들이다. 이 가치 부여된 이미지에 온 상상
력이 집중된다. 그런 식으로 어떤 하나의 좁은 문을 통해
상상력은, 아르망 프티장이 말하듯이 우리를 초월하고 우
리를 세계와 대면시킨다. (……) 어느 경우든 그들은(작
가들은: 인용자) 가치 부여를 한다. 그들은 한 줄기 불꽃
을 설명하기 위해 자신들의 모든 열정을 쏟는다. 그들은
자신들을 경탄시키는 스펙터클, 결과적으로 자신들을 기

만하는 스펙터클과 '하나가 되기' 위해 자신들의 심장을
고스란히 바치는 것이다.[4]

자신들을 기만하는 이미지임을 앎에도 불구하고, 그것과
하나가 되기 위해 자신의 심장을 고스란히 바치는 이들이
있다. 이들은 모든 열정을 쏟아 기어코 가치 부여한 그 이
미지와 더불어 스스로를 초월하고 그간 알지 못했던 세계
로 나아간다. "네 곁으로 돌아갈게//돌아서서 눈 감는다//
바람이 나를 삭제한다"(「기체 인간」). 위 인용문의 후반부
는 '불' 이미지와 더불어 스스로를 벗어난 이들을 규정하는
문장이다. 불가능한 절대를 포기하지 못하는 마음. 원초적
인 이미지, 그것으로 가득찬 『우리가 소실되는 풍경』은 플
랑크 타임처럼, 도착의 세계처럼 한 편에선 명백히도 진실
이 아닌 세계이겠지만, 누군가에겐 전부일 '이미지'의 세계
로 나아간다.

불꽃이 사그라진 후에 폭포처럼 너는 뚜렷해지고 나에
게는 너라는 발광체가 있어 넌 핏방울 같아

편도 같은 달이 다가온다 설움은 내 몸안에서 시작되었

---

4) 가스통 바슐라르, 『불의 정신분석』, 김병욱 옮김, 이학사, 2022,
157~168쪽.

는데 너는 왜 울고 있나 무릎 아래는 왜 재가 되나

네가 떠나고 나는 이끼처럼 흐느끼겠지 산창(酸愴)은
물컵 안에서 열렬하게 식어가겠지 난 꿈틀거리겠지 극복
하겠다고 되뇌면서

발자국을 따라가면 네가 있을까 볼 위에 맺힌 빗물 너
의 얼룩 씻어낸다 너를 잊었기에 채찍을 맞고 살이 찢어
져도 좋은데

불붙기 전에 몸이라도 편취했다면 나의 미래 달라졌을
까 봉별 후 정맥에서 어둠이 퍼져나오네 너의 눈에 밤의
우적(雨滴) 떨어진다
—「나를 불태워줘」 부분

∞:∞. 폭우가 쏟아진다. 바위가 굳는다. 빗물 혓바닥
땅을 핥는다. 새로운 X가 태어난다. 방혈하면 나는 깨끗
해질까. 나와 공동(空洞) 사이에, 나와 너 사이에, 비가 있
다. 비가 나를 다스린다. 나는 녹는다, 흘러간다. 용암. 종
말. 사랑은 망각 후에 발굴될 것이다.
—「폼페이, (그)라(디)바」 부분

시인이 스스로를 벗어나 새로이 나아가고자 한 그곳은 어

108

떤 곳일까. 그 시작은 다시 긴장이다. 뚜렷하게 대비되어 반복해 나타나는 두 개의 이미지, 물과 불. "멈추지 않는 빗물/나를 녹이고"(「묘혈」), "너는/불붙는다"(「절곡(折曲)」). "너무 지겨워 나를 지져줘 나를 묻어줘"(「충무로역 1번 출구에서」). 두 원초적 이미지는 거듭해 긴장하지만, 결국 하나의 이미지로, 더 정확히는 하나 안의 두 개의 이미지로 우리에게 전달되는 것 같다.

불꽃이 사그라진 후, 폭포처럼 너는 존재한다. 가까이서 보니 핏방울 같다. 산창, 서럽고 가슴 아픈 마음은 물컵 안에서 열렬히 식어가고, 너의 얼룩마저 빗물이 씻어낸다. 너의 눈에 점점이 밤의 우적 떨어진다. 너는 그렇게 영영 떠나간 것처럼 보인다(「나를 불태워줘」). 폭우가 쏟아진다. 새로운 X가 태어났다. 이제 흐르던 피를 멈추어야 한다. 네가 돌아왔다. 그렇게 '나'와 너 사이에 비가 있다. 비가 '나'를 다스린다. '나'는 녹는다. 우리는 용암처럼 흘러 언젠가 바위처럼 함께 굳어갈 것이다. 너와 '나'는 그렇게 영영 함께인 것처럼 보인다(「폼페이, (그)라(디)바」).

두 시편은 대립하며 긴장하지만, 이를 나란히 읽었을 때 우리는 그것이 하나의 이미지로 귀결되는 것을 확인하게 된다. 너는 불로서 내게 왔으나 빗물과 더불어 흘러 사라진다. 그 사이의 핏물. 그것마저 흘려버려야 할 상황에서, 다시금 폭우가 쏟아지고 네가 다시 나타난다. 견고한 '나'는 녹아 너와 결합한다. 핏물은 어느새 용암이 되었다. 그 또한 언젠가 반드시 식어버리겠지만, 그럼에도 그럴 수밖에 없을 따름이다. 물의 승리. 물은 더이상 너를 지우는 물이 아니다. 너를 소생시키는 물, 너와 '나'를 결합해 함께할 수 있게끔 하는 물이다.

*

　물속의 죽음은 죽은 자로서는 가장 모성적인 것이 되는 것이리라. (……) 인간의 욕망이란, 죽음의 어두운 물이 삶의 물이 되는 것, 죽음의 차디찬 포옹이 어머니의 포옹이 되는 것, 나아가서 바다가 태양을 잠기게 하지만 다시 그 깊이에서 탄생되는 그러한 것이다. (……) 결코 삶은 죽음을 믿을 수가 없었던 것이다. (……) 어떤 몽상가들에게, 물은 우리를 아직 가보지 못한 여행에로 인도하는 새로운 움직임인 것이다. 물질화된 이러한 출발은 우리를 흙의 물질에서 떼어놓는다.[5]

물에 내재한 상상력, 그 깊은 열망이 위와 같은 욕망이라면, 우리는 물 이미지와 더불어 죽음을 극복하고 새로이 탄생하는 무엇을 기대하지 않을 수 없다. "인간이란 유감스럽

---

5) 가스통 바슐라르, 『물과 꿈』, 이가림 옮김, 문예출판사, 1998, 139~144쪽.

110

게도 그렇게 이성적이지는 못하다! 인간은 진실한 것과 마찬가지로 유용한 것을 애써 찾는"다. 게다가 "불의 남성적 성격"과 "물의 여성적 성격"은 결합되어 "모든 것을 창조"[6] 한다고 하니, 결국 이미지로서의 물의 세계는 우리에게 죽음을 통과한 세계, 죽음 이후의 삶을 환기하는 새로운 세계에 다름 아닌 셈이다.

그러므로 인간의 저 깊은 욕망으로부터 발현하는 물 이미지는 우리로 하여금 단단한 일상과 현실로부터 한 발 내딛어도 괜찮다고 유혹하는 무엇일 테다. 시인의 절절한 목소리와 더불어 흘러넘치는 물 이미지는 부지불식중에 새로운 창조이자 모험을 약속하는 무엇일 것이다. 그러니 저 세계가 오늘날 동시대 시들과 다르게 조금 낯설고 심지어 위험해 보일지라도, 기꺼이 그곳에 한 발 내디뎌보아도 좋을 것 같다. "창문을 연다/나는 어둠 속으로 빨려든다"(「영현(英顯) 처리」). 우리보다 먼저 내디딘 시인의 발길 따라 그 안으로 조금 더 들어가보아도 괜찮을 것 같다.

석상 두 기, 저들은 기다리는 중이다

사랑을 찾아 모든 것을 버리고 떠나온 새

---

6) 같은 책, 140, 189쪽.

어디까지 날아갈 수 있을까

(……)

석상 두 기, 저들은
움직이지 않을 것이다 쓰러지지 않을 것이다 이끼를 껴
입고 침식을 지켜볼 것이다

돌층계 너머 바깥의 나를 들여다본다, 빙결한 부조(浮
彫)
여중생들이 팔짱 끼고 걸으면서 해설사의 설명을 들으
면서 웃으면서 올라온다 반팔 셔츠를 입은 인솔 교사가 륙
색을 메고 따라간다

석상 두 기, 가만히
지키고 있다 소나무 그림자가 어깨를 짚는다 석인이 슬
퍼 보인다 손을 모으고 잠들었다 나는 저 문신의 조아리
는 표정을 본 것 같다

혀가, 돌이 된다 돌아온 사람이, 내 앞에 우뚝 선다, 무
릎을 꿇는다, 석양이 후두를 넘어간다 망자를 물들인다,
우리는, 서로를 바라본다

아직 아무것도 사라지지 않았다
눈물이 볼에 닿는다
석상의 동자도 젖는다
　―「혼유석(魂遊石) 앞에서―Contaminate me」 부분

혼유석, 영혼이 나와 놀게 하도록 만든 무덤 앞의 돌. 그 앞에 있는 석상 두 기는 기다리는 중이다. 앞서 너와 '나'는 빗속에서 만나 핏물이 되고 용암이 되어, 결국 돌로 굳었다. 사랑을 찾아 모든 것을 버리고 떠나왔으니, 움직이지도 쓰러지지도 않을 것이다. 이끼를 껴입고 침식까지 지켜보며 기다릴 것이다. 여전히 '나'가, 일상을 살아가는 바깥의 내가 있지만, 그럼에도 가만히 기다릴 것이다. 너를 향해 조아릴 것이다.

그런데 석상의 (눈)동자가 슬퍼 보인다. 마침내 네가 나타나 분명 내 앞에 우뚝 섰는데, 볼에 닿는 눈물도, 젖어버린 석상의 동자도 모두 슬퍼 보인다. 반복되는, 계속되는 슬픔. 왜 그런 것인가. 시인이 그려내는 '수성(水性)'은 어떤 물의 성질인가. "내가 나를 버리자 네가 내 앞에 서 있"는다. "마침내 나는 네가 있는 곳에 도달"(「더 멀리, 우리의 색신」)한다. 그러나 "나를 머금기 위해 다가오는 보드라운 것 흰 동공에 고이는 공허"(「두 눈으로 우는 우리는 사후(死後)에」).

이 애매함은 무엇인가. 바깥의 '나' 때문일까. "우리가 그러안고 있는 돌, 같은, 몸. 환희에 젖어 응집"할 때 "우리는

출렁이겠지"(「●」)라고 말하는 '나'는 누구인가. 이 담담함
은 무엇일까. 우리보다 한 발 더 깊숙이 나아갔던 시인은 어
느덧 우리 뒤에 혹은 바깥에 서 있는 것처럼 느껴진다. 우리
가 모르는 무엇을 먼저 마주한 것인지, 시인은 거듭해 눈물
을 삼키고만 있다.

*

물의 실체에 참다운 불행이라는 기호를 붙이는 가장 깊
은 이유(는) (……) 죽음은 물속에 존재하는 것이기 때문
이다. (……) 흙이 먼지를, 불이 연기를 지니고 있는 것
처럼 각각의 원소는 자기 자신의 분해를 지니고 있다. 물
은 보다 완벽하게 분해된다. 그것은 완벽하게 죽도록 우
리를 도와준다. (……) 물은 자신의 가슴속에 죽음을 껴
안는다. 물은 죽음을 원소로 한다. 물은 죽은 자와 더불어
자신의 실질로 죽는다. 그때 죽음은 '실체적 허무'가 되는
것이다. 사람들은 절망 속으로 더 멀리 갈 수 없다. 어떤
사람들에게 있어서 물은 절망의 물질인 것이다.[7]

다시, 물의 승리다. 따뜻한 물 말고, 재생의 물 말고, 죽음
이라는 물의 승리. 물은 우리가 완벽하게 죽도록 도와준다

______

7) 같은 책, 172~173쪽.

는 것을 시인은 예감했던 것일까. 폭우 속에서 하나되었던 너와 '나'를 머잖아 보다 완벽하게 분해하는 물. 『우리가 소실되는 풍경』이 왜 온통 물의 승리로 기울었는지 이제 조금 알 것 같다. "물은 대지의 피다. 그것은 대지의 생명이다. 풍경 전체를 자기 자신의 운명을 향해서 끌고 가려는 것은 바로 물이다."[8] 물은 애초에 너와 '나'의 만남과 결합을 위한 생명이 아니었다. "사랑하는 이들은, 결단코 만나지 않는다"(「대속(代贖)과 구령(救靈)」). 운명은 처음부터 정해져 있었다. 『우리가 소실되는 풍경』 전체를 끌고 가는 이미지란 '참다운 불행'의 기호로서 물. 그것은 유용한 것을 애써 찾는 우리, 좀처럼 죽음을 믿을 수 없는 우리를 진정 우리가 소실되는 풍경으로 끌고 간다.

물그림 물꼬러미
우리가 머금었던 물빛 안으로
미꼬러져 들어간다

공중에는 배어나는 물, 물빛, 빗물
역전 벤치에 앉아 있는 너에게

자판기 커피를 건넨다

---

8) 같은 책, 121쪽.

콧등에 닿는 비
너의 체취 몽글거린다

물낯에 손 넣자
너는 사라지고
혼자에게
나는 돌아오고

흐트러지는 물방울
다가서다가 낱낱
가는 비 멀어진다

너를 잃고 나의 물빛
엷어지고 맑어지고 빗방울
까치발로 달아나고

물빛 물빛으로 빚은 얼굴
눈썹을 적시는 비
널 부르고 불러 세운다
너는 돌아본다 얇게 퍼진다

방울마다 너의 얼굴 녹아내리는
얼굴에 떨어지는 빗방울

네가 돌아왔다

—「수색역에서, 1988」전문

  너를 잃고 '나'의 물빛 엷어지고 묽어지고, 빗방울 까치발로 달아난다. 죽음의 물, 물의 죽음. 물빛으로 빚은 네 얼굴 얇게 퍼진다. 방울마다 녹아내리는 너의 얼굴, 얼굴에 떨어지는 빗방울. 그러나 이 순간, "네가 돌아왔다"라는 말 말고는 어떤 말도 쓸 수 없을 것이다. 절망과 체념으로 가득한 풍경 속에서 그것을 부정하는 것 말고는 어떤 말도 할 수 없을 것이다. 그것이 헛된 것임을 너무나도 잘 알지만, 저 자리에 네가 사라졌다는 말만큼은 좀처럼 쓸 수가 없을 것이다. "이것은 어떤 사랑이 빚어낸 절망인가//겁풍(劫風) 엉기고 엉긴다//암염과 염통 눌어붙는다"(「화장장에서」). 절망이 빚어낸 너, 우리. 세계를 파멸시키는 바람이 불지만, 시간이 멈춘 듯 응고된다. 돌소금, 심장. 눌어붙어 한 곳을 지킨다. 그렇게 다시 긴장이다. 현실에서 이미지로, 불에서 물로, 재생의 물에서 죽음의 물로, 거듭해 고꾸라지며 가닿은 죽음과 절망이지만, 우리 받아들일 수 없다. "끝의 끝에 도달했다. 재귀(再歸)"(「폼페이, (그)라(디)바」). 우리 재귀하지 않을 수 없다.

*

얼굴 밑에 해골
흉강 안에 어둠

봄바람처럼 만나게 될 너
꽃씨 찾듯 두리번거리는데
너의 말소리 들렸다

다시는 너를 잃지 않을 거야
어디에도 너를 보내지 않을 거야

살 속의 뼈처럼
떠나는 꽃처럼
너는 나에게 들어왔다가 빠져나갔다

너를 잃고 분골된 나

흩어진다
꽃잎이 날아간다

—「폭장(曝葬)」 전문

『우리가 소실되는 풍경』의 마지막 풍경. 시체를 태우고 남은 뼈를 가루로 만들어 이를 바람에 날리는 풍경이다. 다시 너의 목소리 들린다. 다시는 너를 잃지 않을 거야. 어디에도 너를 보내지 않을 거야. 너의 목소리인지, 너를 향한 목소리인지, 중요하지 않겠다. 너는 '나'에게 들어왔다가 빠져나갔다. 이미지의 그곳에서, 너를 잃고 '나'는 죽었다. 그리고 재귀. 다시 돌아갈 수밖에 없다. 흩어진다. 꽃잎이 날아간다. 다시, "분분히 흩날리는/꽃잎이 나였다" "꽃잎 떨어진 그곳에서/네가 시작되고 있다"(「플랑크 타임」).

시인과 더불어 '우리가 소실되는 풍경'을 통과한 우리는 어느덧 그 시작점으로 되돌아와 있다. 우리뿐만이 아니다. 시집을 꼼꼼히 읽어본 이들이라면, 예컨대 4부의 시편들이 되찾은 일상에서 점차 중심을 잃고 다시금 처음 아닌 처음으로 넘어지는 모습을 안타깝게 지켜봤을 것이다. 그럴 수밖에 없었을 것이다. 이별을, 절망을, 죽음을 어떻게 받아들이겠는가. 그것이 올바르지 않다는 것을, 가능하지도 않다는 것을 알지만. "이미 지"에서 "이 미지"(「조운트 조(soundso)」)로의 전락은 여차저차 그럴 수밖에 없는 것이다.

리얼리즘이란 단순히 풍경을 그리는 것이 아니라 항상 풍경을 창출해내야만 한다. 그때까지 실재로서 존재했지만 아무도 보지 않았던 풍경을 존재하도록 만드는 것이다. 따라서 리얼리스트는 언제나 '내적 인간'인 것이다.

(……) 사실(리얼리즘)의 근저에 있어야 한다고 보는 정열이 무엇을 뜻하는지는 명료하다. 그것은 그가 말하는 상상 세계, 즉 내적인 자기 자신이 우위에 있는 상태에서 처음으로 사실이 사실(리얼)로 가능해진다는 것을 뜻한다.[9]

그동안 도착에 의한 분열을 되살아내는 시인과 더불어, 이별을 가능케 하는 영원과 이별을 부정케 하는 영원 모두를 한 몸으로 붙들고 있는 '나'의 내면 풍경을 살펴보았다. 시인이 삼킨 눈물로 가득한 그 이미지-풍경의 근저에 어떤 '정열'이 존재하는지를, 그 정열을 가로막는 무수한 긴장에도 불구하고 어떻게 시인의 풍경이 끝끝내 관철되었는지를 안타깝게 살펴보았다.

그리고 그 끝에서 '우리가 소실되는 풍경' 처음과 끝에 놓여 있는 '나'를 확인한다. 우리가 소실되어가고 있음에도 불구하고 결코 사라지지 않는 '나', 결코 반성될 수 없는 '나'. 누구보다 현실을 잘 알고 있음에도 불구하고 도착 속에서, 이미지 속에서 현실을 초월하며 풍경을 그려내는 '나'. 그런데 우리 저 '나'를 바라보며 외려 '나'를 압도하는 '이별'을, '죽음'을 어느 때보다 슬프게 예감하고 있지 않은가. 우

9) 가라타니 고진, 「풍경의 발견」, 『일본 근대문학의 기원』, 박유하 옮김, 도서출판b, 2010, 42~43쪽.

리가 본 것은 무엇인가. 우리가 진정 마주한 것은 무엇인가.

타자를 애도/멜랑콜리하는 일은 불가능하다. 그러한 불가능을 수행할 수 있다는 '나'의 자신감, 주체성이야말로 상실되어야 하고, 그런 '나'야말로 애도의 대상이어야 한다. 애도의 애도. 그렇다면 그러한 애도는 어떻게 가능할까. 불가능한 애도/멜랑콜리를 수행하는 '나'가 거듭 존재해야만 가능한 것 아닌가. 애도의 애도, 그것이 삶의 중요한 과제라면, 여기 문학이 해야 할 일이 있다. 애도의 애도 이전과 이후의 멜랑콜리, 더 정확히는 멜랑콜리의 멜랑콜리.

우리의 삶이 진정 삶다운 것이 되기 위해, 그 앞과 뒤에서 묵묵히 문학을 하고 있는 시인과 눈이 마주쳤다면, 모든 것을 알고 있음에도 그렇기에 끝없는 패배를 수행하는 시인과 눈을 마주쳤다면, 우리는 볼 수 있을 것이다. 시인 너머, '나' 너머의 그것들을 참으로 슬프게 바라볼 수 있을 것이다.

장석원 2002년 대한매일 신춘문예를 통해 작품활동을 시작했다. 시집 『아나키스트』『태양의 연대기』『역진화의 시작』『리듬』『유루 무루』『이별 후의 이별』, 산문집 『우리 결코, 음악이 되자』『미스틱』 등이 있다.

문학동네시인선 250
우리가 소실되는 풍경
ⓒ 장석원 2026

초판 인쇄 2026년 4월 16일
초판 발행 2026년 4월 30일

지은이 | 장석원
책임편집 | 임고운
편집 | 김봉곤 정은진
디자인 | 수류산방(樹流山房) 본문 디자인 | 이원경
저작권 | 박지영 형소진 주은수 오서영 조경은
마케팅 | 정민호 서지화 박치우 한민아 왕지경 이민경 정유진 정경주 김혜원
             김예진 이서진
브랜딩 | 함유지 이송이 박민재 김하연 신은서 이준희
미디어콘텐츠 | 함근아 김은솔 박다솔
제작 | 강신은 김동욱 이순호 제작처 | 영신사

펴낸곳 | (주)문학동네
펴낸이 | 김소영
출판등록 | 1993년 10월 22일 제2003-000045호
주소 | 10881 경기도 파주시 회동길 210
전자우편 | editor@munhak.com
대표전화 | 031) 955-8888 팩스 | 031) 955-8855
문학동네카페 | http://cafe.naver.com/mhdn
인스타그램 | @munhakdongne 트위터 | @munhakdongne
북클럽문학동네 | http://bookclubmunhak.com

ISBN 979-11-416-0311-3 03810

www.munhak.com

문학동네